KB145937

바람이 좋다

천애경 시집

본문 시낭송 감상하기

QR 코드 스마트폰으로 QR 코드를 스캔하면 시낭송을 감상할 수 있습니다.

제목 : 바람 소리가 좋다
시낭송 : 박영애

제목 : 겨울비
시낭송 : 김수미

제목 : 밤하늘에 보내는 편지
시낭송 : 박영애

제목 : 인생 간이역
시낭송 : 박영애

제목 : 인연
시낭송 : 박영애

시인은 자연을 이야기하고
시낭송가는 자연을 품었다.
글자는 날개를 달아 언어로 날고
소리는 자연에 눕는다.

시인의 말

설레는 마음 벅차기도 하면서
한편으론 두렵기도 합니다
첫 시집을 내면서 많은 생각을 했습니다
이름만 들어도 아시는 분들이 너무나
많이 계시는데
망설이기도 했습니다
무엇을 얻고자 쓴 글은 아니어도
행여 얼굴 붉히는 글은 아닌지
부끄럽습니다
세상 밖으로 나가려 합니다
조금이나마 위로가 되는 글이기를
기도합니다
시집을 보시는 모든 분께
한편이라도 마음에 와닿는 시이기를 바라며
행복 바이러스 선물합니다
사랑합니다.

시인 천애경

♣ 목차

♣ 목차

♣ 목차

♣ 목차

여우가 산다

하루에도 열두 번
이랬다저랬다
종잡을 수 없는 여자

바람 불면
비 오기를 기다리고
눈 내리면
봄 오기를 재촉하는 여자

여자 마음에
여우가 산다
꼬리가 열두 개인 여우가.

암행어사 나가신다

우리 집엔 암행어사가 산다
아침에 출근할 땐
죽지 못해 출근하는 척
퇴근해 집에 오면 돌변하는 남자

눈 가리고 털옷 입으니
영락없는 산적이건만
밤 사냥 나갈 때면 암행어사가 된다
남자는 이래야 한다고

돼지가 싫어한다고 향기 나는 세제도
못쓰게 하더니
아침에 목욕하고 나올 땐
온몸 로션으로 도배하는 남자

아침에 출근할 땐 서방님
저녁에 산에 갈 땐 어사님
암행어사 나가신다
문을 열어라.

귀신이 산다

저수지 불빛 사이로
별과 달이 어우러진 곳에
달빛에 어리는 윤슬은
온몸을 움츠리게 하였었지

추억 서린 익숙한 곳
저곳 저수지에
귀신이 산다고
소복 입은 귀신 나타난다고

저녁이면 나타나
등 뒤에서 머리를 잡아당긴다고
덜덜 떨며 살금살금 훔쳐보던 기억
귀신은 보이지 않았지만
무서웠었어

크게만 보였던 저수지가
왜 작아졌는지
무섭기만 했던 곳이
왜 이리 가고 싶은지
알면서도 모른 척 산다.

몽당연필

더는 깎을 수 없어
작아진 나에게
이제는 공들이지 마시게
나라고 이렇게 될 줄 알았겠나

자네 만나 같이 한 세월이
벌써 사십 년이라네
떠나고 싶어도 자네가 잡으니
자네 연필통에 사는 게 아니든가

버리지 못해 나를 가진 자네나
버려지지 않는 나도 허망하다네
자네도 늙었구려
내 나이 사십 년이면 자네보다 위네

이제 나를 버려주시게
미련 가지지 마시게
쓰레기통에 버리려니 아프신가
괜찮네! 나도 이제 늙어 귀찮다네
다음 생엔 제발 나를 갖지 마시게.

돌밭

지긋지긋하게 돌도 많네
비가 그치니 돌이 다시 살아났다
돌산에 밭이 있으니
돌멩이가 많을 수밖에
지랄 같게도 많다

에고 징글징글하다 징글징글해
옆에서 남편이 웃는다
여보 누가 보면 당신이 일하는 줄 알겠어

미안해서 투덜거렸더니
본전도 못 찾았네
체면이 있지 백 개는 골라내고 가자
이를 악문다

도시 여자 시골에 살다 보니
시골 날라리가 되어
양산 쓰고 밭에서 돌 고른다

이러다 골병들라
에라 모르겠다 줄행랑친다.
집에 가자.

바람 소리가 좋다

바스락거리는 소리
산을 움직이는
바람 소리가 좋다

나뭇잎 흔들어 노래 만들고
새소리 맞춰 피아노 치는
가을 내려앉은 지금이 좋다

콧등을 건드리는 바람이 좋다
춤사위에 모여드는
향기가 좋다

바람 따라 움직이는
모퉁이 갈대가 좋다
바람 소리가 좋다.

제목 : 바람 소리가 좋다
시낭송 : 박영애
스마트폰으로 QR 코드를 스캔하면
시낭송을 감상할 수 있습니다.

살다 보면

한결같은 마음으로
한세상 살 수만 있다면
얼마나 좋을까요

살다 보면
언젠가 이별하는
아픔도 있습니다
오늘과 내일이 다른 것처럼

때로는 말 한마디에
사람을 떠나보내기도 합니다
가면 속에 숨겨진 진실
거짓으로 위장한 진실도 있습니다

사람과 사람 사이
처음이 있으면 마지막도 있지만
사노라면
피치 못 할 사연도 있습니다.

동반자

실타래처럼 얽힌 인연
몇 번의 이별을 하고 나서야
환하게 웃게 되었습니다

스스로 올가미를 씌워 놓고
슬픔에 잠겨 울어도 보고
상처를 건드려 아파하며
지냈는지 모릅니다

잘 감긴 실타래 헝클어 놓고서
풀 수 없는 것이라며
자신을 비약하고 울었는지 모릅니다
결국 돌아서지 못하는 걸 알면서
누군가를 탓하고 원망했습니다

동행이라는 따뜻한 손을 잡고서야
가슴으로 전해지는 정을 알았습니다
사랑은 같은 곳을 바라보기에
서로를 다 알지 못한다는 것을 알았습니다.

변덕

하루에도 열두 번
상상 속에 나를 가두고
나래를 펼쳤다 접었다 변덕을 부린다

행복한 날은 행복한 대로
외로운 날은 외로운 대로
웃었다 울렸다
들었다 놓았다
심장 박동 소리보다 요란하다

세상 모든 일이 마음만큼 시끄러울까
잘해줘도 타박이요
못하면 못한다고 타박이니
요놈의 심술보는 터지지도 않는지

그림자처럼 따라다니며
요리조리 끌고 다니다
말 한마디에 사르르 녹고 만다
가슴에 빨간 꽃이 피었다.

커피

뜨거울 때나
차가울 때나
항상 같은 느낌

시커먼 속내
끝내 들키고 말 것을
하얀 밑바닥 보일 때까지
꼭 다문 입 열지 않는다

세상 이치와 어찌 이리 닮았을꼬
하고 싶은 말
다 할 수 없는 답답함
바로 네가 정답을 알고 있구나.

한파주의보

시나리오를 쓴다
세상을 한 손에 쥐고서
쥐락펴락 손아귀에 집어넣고
꽁꽁 얼어붙은 겨울을 만들어간다

미끄러지며 엎어지며
풀지 못한 수수께끼 빙판길에 올려놓고
엿가락 두들기듯 이리 치고 저리 치고
단막극 삼류 영화를 찍어댄다

삶이 그러하듯
인생을 닮은 겨울의 한파주의보
긴장하라
머지않아 봄이 오리니.

넋두리

가는 길이 있으면
돌아오는 길도 있겠지
가슴이 아프다고
보이기나 하든가

언제 이리 나이는 먹었는지
거울 앞에 서면
가슴만 저며오니
세월 앞에 장사 없네

살다 보니
가장 무서운 게 사람이요
가장 행복한 시간이
잠자는 순간이란 걸 이제 알겠네

서운한 것은 왜 이리 많을꼬
청춘은 왜 그리 짧았을꼬
거울 속에 저 여인
나랑 똑같이 생겼네.

갈대의 순정

바람 따라 구름 따라
흐렸다
개였다
너울대는 갈대밭에
사랑을 심었나

시시콜콜 따라다니며
가슴을 흔든다
바스락바스락
흐느끼며 다가오는 소리
안아달라 보채는 아이와 같다

밤새 울다 지쳐버린 가여운 순정아
숨소리조차 슬프게 느껴지는 건
내 마음 가져간
바람 탓일 거야.

행복한 꿈

조용한 찻집에서
눈이 내리는 밖을 바라보며
누군가를 그리워할 때
뜬금없는 말 한마디로
웃게 만드는 사람

그런 사람이 선물처럼 나타난다면
눈이 내리는 밤길
혼자 걸어갈 때
내 이름을 불러주는
한 사람 있다면

먼 훗날
나를 기억하는 누군가 있다면
한 번도 잊은 적이 없다고 한다면
행복한 꿈이라도 좋다.

시간을 넘어서

정지된 시간
아무도 볼 수 없는
길을 찾아 여행하자

봄을 찾아
날아든 나비처럼
가벼운 마음으로
하늘을 날자

돌아올 수 없는
길이라 할지라도
새처럼 가볍게
저 위 높은 곳으로

시간을 넘어
정지된 그곳에서
하늘 높이 날고 싶다.

별이 빛나는 밤에

별들이 노래하는 밤
반주도 없는 슬픈 연가를
그대는 아시나요

겨울이 가고
봄이 오면
사라지는 것들이 어디 하나둘 인가요

굳은 언약 연기처럼
사라지고 잊히겠지요
그렇게 또 살아가겠지요

순간순간 떠오르는 아련한 추억
깊은 밤 별들과 속삭입니다
별이 빛나는 밤
그대는 무슨 생각을 하시나요.

내 마음에 눈이 내리면

소복하게 눈이 쌓여만 간다
봄을 재촉하는 비인 줄 알았더니
마지막을 장식하는 눈꽃

마음도 계절을 닮아가는지
축축하게 젖어만 간다
2월의 마지막 만찬이겠지
오늘따라 가로등 불이 유난히 반짝거린다

봄이 오기 전
내 마음에 하얀 눈 내려준다면
거짓말처럼 내게도 눈꽃이 핀다면
쓸쓸함, 사라질 텐데

머리로 도는 인생 드라마는
언제나 최고에 다다르나 이루어지지 않고
꿈을 꾸고 일어난 듯
하얀 물거품처럼 사라진다.

친구야 멋지게 살자

친구야 우리 강남으로 이사하자
월세 얻어 딱 한 달만
있는 무게 없는 무게 다 잡으면
누가 보아도 잘 산다고 하지 않겠나

비싼 명품 가방 들고 다니다
손목 잘릴까 걱정하지 마라!
짝퉁인 거 다 안다

친구야 우리 청담동 미용실 가자
비싸도 한 번인데 가보기라도 하자
동대문 가면 명품보다 더 명품 같은
짝퉁이 너무 많더라

연예인만 다닌다는 미용실 가서
예쁘게 화장하고 머리하면
사인해 달랄지 어찌 않겠나
김혜수로 보일지

친구야 우리 백화점에서 시장 보자
평생에 한 번이라도
멋있게 살아보자
친구야 우리 강남 가자.

겨울비

음악처럼 들리는 빗소리가 좋다
가슴을 쓸어내리듯
소리 없이 내리는 겨울비가 좋다

말하지 않아도
들리지 않아도
잔잔한 음악으로 찾아오는
그리움이 좋다

생각하는 찰나에도
설렘을 새기는
사랑할 수 있는 시간이 좋다
빗줄기를 타고 내리는 사랑의 풍금 소리가 좋다

한적한 오솔길 빗소리가
사랑을 싣고 가슴으로 내리는 그리움이 좋다
마음을 달래는
겨울비가 한 사람의 사랑을 담는다.

제목 : 겨울비
시낭송 : 김수미
스마트폰으로 QR 코드를 스캔하면
시낭송을 감상할 수 있습니다.

산다는 건 날씨와 같다

옳고 그름보다
다르고 틀린다는 것
산다는 건 사는 동안
누군가와 맞춰가는 삶이다

아침에 맑았다가도
저녁에 소나기가 쏟아질지도 모르는
먹구름이 몰려와 기분을 흐리게 할 수도 있는
예측할 수 없는
일기예보와 같은 것이다

실상 누군가를 이해하고 용서하는 일에는
늘 남의 탓만 하고 세월 탓만 한다
산다는 게 장난이라면 하지 않으면 된다지만
인생은 늘 실수와 함께 뒤돌아보게 하는 공부다

내가 틀린다는 것을 인정할 때
상대는 나와 다르다는 것을 받아들일 때
함께하는 의미가 있는 것이다

산다는 것은
사계절 다른 날씨와 같다.

늦은 오후

아무 생각도 나지 않을 때
텅 빈 가슴 기지개를 핀다
나른한 오후,

햇살처럼 눈부시게
강렬하게 내리쬐다
빠르게 지나가는 시곗바늘처럼
서산을 향해 달린다

늦은 오후 다람쥐 인생
저물어 가는 저편에
붉게 핀 노을 수를 놓는다
또 하루가 지나가나 보다.

복수초

당신이 오실 줄 알았더라면
당신이 나를 사모하는 줄 알았더라면
기다릴 걸 그랬습니다

당신이 환하게 내 곁에 다가올 줄 알았다면
동지섣달 긴긴밤
편지라도 보낼 걸 그랬습니다

해마다 오시는 당신이기에
바람처럼 떠나시는 줄만 알았습니다
아직도 당신의 가슴 속에
내가 사는 줄 몰랐습니다

기다릴 걸 그랬습니다
사랑할 걸 그랬습니다
당신 참 아름다워요.

버스 안에서

깨알처럼 알알이 익어가는 사랑
톡톡 터지는 그리움을 어찌하나요
유리창엔 봄비가
내 마음 대신 하듯 줄지어 내립니다

수많은 사람이 차창 밖으로
지나가고 스쳐 갑니다
얼굴 한번 본 적 없는 인연인데
어디선가 본 듯한 얼굴도 있지요

혼자 사색으로 돌아갈 때
사랑은 찾아오나 봅니다
봄비가 내리는 버스 안에는
칙칙한 마음을 달래는 사랑이 있습니다

잊힌 게 아니었어요
다시 이렇게 그리운 건
봄비가 내리면 그대도
내 이름 석 자를 부르나 봅니다.

밤하늘에 보내는 편지

작은 바람에도 눈물 흐르는 날이 있습니다
떨어진 낙엽 바람에 날려도
가슴 아리게 아픈 날이 있습니다

또 이렇게 시간은 흐르나 봅니다
같은 하늘을 사이에 두고
멀지도 가깝지도 않은 거리에
밤하늘에 다시 편지를 씁니다

어쩌다 들리는 노랫말이 내 마음을 읽는 듯해
가슴이 먹먹해지곤 합니다
밤하늘 빛나는 별들이 내 마음 전해만 준다면
아파도 행복할 것 같습니다

내가 날 수만 있다면
그리움 두고 살지 않을 텐데
나를 기다리는 그대가 있어서
슬퍼도 행복합니다.

제목 : 밤하늘에 보내는 편지
시낭송 : 박영애
스마트폰으로 QR 코드를 스캔하면
시낭송을 감상할 수 있습니다.

너도 나처럼

하얀 달빛 장독 위에 비치면
너도 나처럼
지난 그리움 움켜쥐고 매달리고 있을까

달 밝은 밤
너도 나처럼
별을 새며 날을 샐까
아침이 밝아 올 때까지 무슨 생각할까

너도 나처럼
마음속에 그리움 채우며 살까
너도 나처럼
지난 추억 그리워 울고 있을까

우리 서로 다른 곳에서
같은 곳을 바라볼 수 있을까

그때 그날처럼
우리 둘이 마주 보며 웃는 그때처럼
너도 나처럼 말이야,

벌들의 전쟁

봄 향기 가득한 들녘
벌들은 봄 마중에 앵앵거린다
진달래 향기 찾아 옹기종기 모여
꽃잎에 들어가 나올 줄을 모른다

겨우내 숨죽이고 살다가
냉이꽃 들꽃 찾아
잔칫상 차려놓고 친구
부르기에 분주하다

어디서 날아왔는지
새 한 마리 날아오르니
도망가기 바쁘다
벌들의 전쟁이 시작인가보다

벌통 집 만들어 산에다 두니
제집 찾아 들어가 꿀을 나른다
풍년이로구나
올겨울 따뜻하겠다.

딱따구리

애지중지 키운 호두나무에
미운 새 한 마리
식사를 하신다
딱, 딱, 딱,

단단한 부리로
흩트림 없이 박자에 맞춰
요란스럽게 쪼아댄다

훠이 훠이
가거라 먼 곳으로
훠이 훠이
올해 농사 망칠세라

가시게나
가을에 오시게나
감 익어 홍시 되면
그때 오시게나.

들리시나요

들리시나요
창문을 열어 보세요
지금 사랑이 내립니다

당신을 부르는 소리
창문을 두드리는
빗소리를 들어보세요

들리시나요
사랑 노래가
듣고 있나요
아름다운 풍금 소리를

듣고 싶은 신청 곡
하늘에서 내립니다
이 소리가 들리시나요.

늪

전생에 무슨 인연이었기에
나올 수 없는 길에서
허허실실 웃으며 부둥켜안는가

뿌리 없는 나무처럼
말라가며 사시는가
한발만 움직이면 깊숙이 빠질 텐데
양손 어디 두고 늪을 딛고 사는가

오던 길 돌아보면
돌아갈 길 있으련만
어이해 늪에 빠져 가만히 서 있는가

하늘 좀 쳐다보소
구름 한 점에도 희망은 보이니
어영부영 살지 마소
덤벙 덤벙 건너지 마소.

봄날은 간다

지난날 행복했던 순간
죽을 만큼 사랑했던 사람도
세월과 함께 잊혀간다
장미꽃에 반해
편지 쓰던 소녀
중년이 되어 버렸다

비에 젖은 장미마저
중년이 되어버렸나
축 처진 어깨가 가엽다

봄날은 간다
여름에 밀려서
장미의 향기에 취해서.

부르고 싶은 이름

밀물처럼 왔다가
썰물 되어 사라지는 사랑했던 사람
밀렸다 나가고 나갔다 들어오는
사랑하는 이름이여

잊힌 듯 잊은 듯
멀어졌다 다시 오는 그리움
지워도 살아나는
지난 이야기

가슴으로 부르는 사랑했던 사람
행복한 순간 비껴가는
그리운 이름

보고 싶습니다
한 번도 하지 못한 말
사랑합니다
하늘에선 행복하소서.

때가 되면

시간이 지나면
알게 되겠지
세월이 흐른 먼 훗날에

다가가면 멀게만 느껴지는
어쩌면 먼 여로에서
다시 만날지 모르는 너

콩깍지가 벗겨지면
선명하게 보일 거라고
색다른 안경으로
눈을 가려 마음을 덮는다

그때가 언젠지 모르면서
때가 되면
알게 될 거라며
굳은 약속 혼자 삼킨다.

어머니

하얗게 내린 서리
등골 휘는 소리에 아파도 아니 아프시다며
웃으시던 어머니

행여나 다칠세라
전전긍긍하시던 그 모습
금쪽같은 자식
눈에 넣고 사시던 우리 어머니

당신 눈에 눈물 흘리시면서
자식 눈에 눈물 날까 걱정하시더니
가시밭길 걸으시며
멍든 가슴 어찌 달래셨나요
어머니 우리 어머니

살아만 계신다면
되돌릴 수 있다면
따뜻한 밥 한 그릇 해드리고 싶습니다
어머니 사랑합니다.

이별이란

추운 겨울 소낙비와 같으며
세상에 사랑이 마지막 같으며
죽을 것처럼 아픈 것이다

아파도 밥은 먹으며
할 건 다 하면서 돌아서면 다시 생각나
가슴 아프게 하는 것
사랑할 때보다 더 사랑하고
있다는 것을 느끼는 시간이다

바보로도 만들며 천재로도 만드는 책이다
수만 편의 시와 장편 소설도 동시에 쓰고 마는
지금까지 배운 모든 것들이
머리에서 쏟아지는 시간이다

사랑하는 순간에도
이별은 오고 있다는 것
사랑에 눈이 멀어 보이지 않았지만
늘 곁에서 기다리는 그리움과 같다
이별이란 장편드라마다.

거울 속 여자

거울만 보면 주눅 드는 여자
눈가에 잔주름이 나이를 말하는 여인
혼잣말로 천천히 가라면서

아직은 봐줄 만하다고
태연한 척 입가를 올리며
요리조리 살피면서
나이를 내리고 내린다

자식 하나 없이 살면서
구구절절 슬픈 사연
어디에 숨겼는지
잘난 척 뻐기면 산다

보따리, 보따리 가슴에 묻고 살면서
던지지도 버리지도 못하니
저 여자 외로워
올겨울 어찌 견디려나.

바람에 전하는 말

실오라기 하나 걸치지 않아도
너는 나의 그리움이었고
바람만 불어와도
너는 내 곁에 머무는 향기였었어

지난날 아련한 추억은
시간 지나 세월이 흐른 후에도
숨어 사는 그리움처럼
고독을 삼키게 했었지

바람이 잠들면
나비가 날아들어
잠자리 떼 춤추게 했었는데

너 떠나고 없는 빈자리
불씨 되어 피어나
붉게 타들어 간다.

그대는 아시나요

고독할 때
커피를 찾는 이유를
그대는 아시나요

까맣게 탄 가슴
커피 한 잔에 넣어서
메마른 가슴 어루만지는 것을
그대는 아시나요

매일 아침은 오지만
유난히 아침이 기분 좋은 날이
있다는 것을
그대는 아시나요

그대의 모습이 잔 속에 어릴 때면
온종일 행복하다는 것을
아마 그대는
모르고 살겠지요.

풀꽃사랑

어제도 오늘처럼
그 길만 바라보았습니다
끝이 없는 길인 줄 알면서
습관처럼 기다기고 기다렸습니다

하루가 지나고
또 하루가 지나도
오시지 않는 당신을 기다렸습니다
행여나 오시려나 바라만 보았습니다

풀잎이면 어때요
예쁜 꽃이 아니면 어때요
길가에 자란 잡초이면 어때요
그저 당신이면 행복합니다.

그대여

그대는
마음으로 노래 부른 적이 있나요
가슴으로 편지 보낸 적은 있나요
그대는 나 때문에 운 적이 있나요

나는 그래요
그대를 위해 춤을 출 순 없지만
그대를 위해 노래 부를 순 있어요

가장 행복한 순간에
그대 이름을 불러 줄 수 있지만
가장 불행한 순간에는
그대를 부를 수 없어요

삶 전부가 그대라 할지라도
나 그대를 위해 울지는 않을래요
나 그대에겐
아름다운 행복만 주고 싶으니까요.

마음이 그랬어요

그랬나 봐요
나도 모르게
아직은 아니라고
말하고 싶은데

마음이 흔들렸나 봐요
그랬나 봐요
사랑하고 싶어서
봄비는 내리나 봐요

그대도 나처럼
마음이 흔들렸나요
당신도 나처럼
그랬나 봅니다

사랑이 오려나 봐요
설레는 마음이
가슴을 두드려요
사랑이 오려나 봐요.

사랑은 허브향처럼

사랑이 달콤하던가요
향기가 상큼하던가요
사랑은 허브향처럼 하세요

먼 곳에서도
그대의 유혹을 뿌릴 칠 수 없는
허브향으로 하세요

사랑은 그런가 봐요
지워도 지워지지 않는
행복한 선물 보따리
허브향을 심어보세요

당신의 하루를
행복하게 할 테니까요
속으로 삼키지 말아요
입술에 발라주세요.

봄비

밤새 봄비는 내렸나 보다
모두 잠든 고요한 시간에
봄비는 밤새 울었나보다

똑, 똑, 똑,
빗방울 떨어지는 소리
발라드 음악에 맞춰
줄지어 달려든다

구슬방울 엮어
강아지 목에 걸어
오래도록 들을 수 있다면
행복할 텐데

박자에 맞춰 떨어지던 빗방울 소리가
점점 작아지는 걸 보니
봄비가 그치나 보다
봄비가 가시려나 보다.

그대 보내며

그대를 보내는
이 자리에
울어 줄 벗이 없구려

가을바람 가을 달
단풍나무 사이에서
한가락 우는 새가
먼 길 전송하니

인간 세상
바쁘고 한가함을
말하지 마시게나
이 자리에 우린 살아갈 테니.

인생 물음표엔 정답이 없다

생각은 깊이가 있으나
알 수가 없고
구름은 보일 뿐 만질 수가 없다

뿌리 없는 돌부리에 걸려
사람은 넘어지나
바람은 절대 돌에 걸려 넘어지지 않는다
안개는 보이나 잡히지 않고
희망은 꿈꾸어도 머릿속에만 존재한다

사람이 사는 동안엔
인생길이 눈앞에 그려지지만
삶이 끝나면 물음표는
그제야 일어난다

사람에게 물음표는
거추장스러운 짐이다
인생 물음표엔 정답이 없다
있으려니 그러려니 믿고 싶을 뿐이다.

사랑하라

누군가를 미워하고 있다면
사랑으로 감싸주세요
지금 누군가 미워할지도 모르니

친구를 사랑하라
이웃을 사랑하라
주위에 모든 이들을
사랑으로 대하라
누군가가 사랑으로 안아 줄 테니

사랑하라
내 눈에 보이는 모든 이들을 안으라
누군가가 나를 토닥일 테니
자신을 사랑하는 자
남도 사랑할 테니

누군가가 너 자신을 알라고
말할 수도 있으니
미워도 사랑하라
누군가가 밉다고
말할 수도 있으니.

인생 간이역

제목 : 인생 간이역
시낭송 : 박영애
스마트폰으로 QR 코드를 스캔하면
시낭송을 감상할 수 있습니다.

인생은 완행열차다
아주 느리게 점점 빠르게
음악에 맞춰 내리고 오른다

불행을 맛보기도 하며
행복한 날들을 만나기도 하며
때로는 죽을 만큼 아픔 상처를 받기도 한다
역마다 다른 색깔로 단장하니
그 또한 살아 볼 만한 세상 아닌가

비가 오나 눈이 오나
간이역은 쉬는 날이 없다
아름다운 날을 추구하며
내일 희망을 거는 것도 꿈이 숨쉬기 때문이다

간이역 가락국수 맛에 반하기도 하며
호화로운 색깔에 유혹을 당하기도 한다
살면서 어찌 바른길만 갈 수 있는가
늪에 빠지면 나오는 길도 있을 것이다.

가시

심장을 찌르는 아픔
마디마디 헤집고 다니다
가슴에 박혀
스치기만 해도 놀라게 한다

바람이 부는 날은
바람에 시리고
비가 오는 날엔
비에 젖어 슬프다

반가운 손님도 아니건만
시시때때로
여기저기 돌아다니며
내 온몸 구석구석 찌른다

밤하늘 별처럼
반짝이다 돌아서는 아픔
뻐꾸기 둥지 짓고 사는
그리움 하나
가시처럼 박혀 빠지질 않는다.

그곳에 가면

내 추억이 있는 곳
어느 시골 작은 마을
사람 냄새보다 진한 향기가 숨 쉬는 곳

마음의 여유가 생긴다면
좁은 숲길을 지나
풀냄새 가득한 풍경소리
마음에 담고 싶다

별들이 총총히 뜨는 밤
구름 사이로 넘나드는 마음의 소리
다시 담아내고 싶다

씨를 뿌리지 않아도
자라나는 풀처럼
그곳에 내 작은 꿈
심어 자라게 하고 싶다.

삶은 배고픔이다

먹어도, 먹어도 채워지지 않는 허기
먹기 위해 사는 게 아니라
살기 위해 먹는 것이다
먹지 않고 며칠을 버틸 수 있는가

인생은 배고픔이다
삶 자체가 허기요
하루가 삶 일부이기 때문이다
내일은 없다
내일도 바로 오늘이기 때문이다

세상의 반을 가졌다 하여도
먹지 않고는 살 수 없는 법
먹어야 희망도 가질 수 있고
살아야 욕심도 낼 수 있으니

삶과 인생은 허기진 배고픔
인생의 반은 먹고 자는 것 합체다.

후회

아무것도 알고 싶지 않아서
아무 말도 듣고 싶지 않아서
눈을 감고 귀를 막았다

잠시 쉬고 싶었다
그 순간을 피하고 싶었다
아무 생각도 하기 싫었다

조금만 깊이 생각할 시간을 가졌더라면
지켜만 보았더라면
지나온 시간 주마등처럼 지나간다

한 걸음만 물러섰더라면
자존심 한 번 버렸더라면
그랬더라면
후회 따윈 없을 텐데.

누구라도 그러하듯이

변해가는 마음마저
송두리째 버려둔 채
먼 길 떠나는 나그네 되어

하루라도 그렇게
모든 것을 내려놓고 쉬고 싶다
누구라도 그러하듯
그러고 싶다

무더운 여름밤
불볕더위에 시달리며 견디는
우리네 삶도
조금은 내려놓을 수만 있다면

물 좋고 산 좋은 곳
왜 가고 싶지 않을까만
몸은 앉아서 천 리를 돌고 돌아
먼 길 여행을 한다.

너 정말

가시로 화장한 너
내 손 찌르지 마!
화장 떡칠하지 마!
그런다고 선인장이 장미 되니

잡초도 아닌 것이
꽃도 아닌 것이
빼기긴 뭘 빼겨

예쁜 척하지 마!
너, 정말
맞아 볼래?
죽어 볼래?

선인장 너!
물도 안 줄 거야
햇살도 비춰주지 않을 거야
너 정말.

수렁

뒤돌아보지 않았더라면
생각하지 않았더라면
조금만 더 냉정했었다면

무슨 미련 남아
수렁으로 고개 숙여
내려다보았을까

겉보기 화려하여
속까지 화려한 꽃인 줄 알았으니
이미 오래전
죽은 꽃이여

시들어 말라버린
썩은 꽃이여.

물과 기름

물은 불에 타지 않는다
기름을 뿌려도
물 위에 떠오를 뿐이다

물 같은 사람과
기름 같은 사람이 있다면
끝과 끝을 달리는 인연이다

남을 배려하는 사람과
자기밖에 모르는 이기주의자
바라는 것은 많으나
베풀 줄 모르는 사람

이해하려는 자와
자기주장만 내세우는 자
노력하려는 사람과
말만 앞서는 자

물과 기름은
결코 하나가 될 수 없다.

마음이 아름다운 사람이 좋다

어려선 멋진 사람이 좋았었고
철이 들면서는
남 보기 부끄럽지 않은 사람이 좋았다

같이 다니면 남들이 부러워하는 사람이 좋았고
어딜 가더라도 시선을 받는 사람이 좋았고
밥을 먹을 때나 영화를 볼 때
먼저 돈을 내는 사람이 좋았다

나이가 들고 중년이 되고 보니
마음이 고운 사람이 좋고
배려심과 밝은 미소가 좋고
나를 먼저 챙겨주는 사람이 좋다

하늘을 우러러 한 점 부끄럽지 않은 얼굴로
거짓말을 하는 뻔뻔한 사람보다
마음 씀씀이가 고와서
곁에 두고픈 마음이 아름다운 사람이 좋다.

봄이 오시나 보다

오시나 보다
오시나 보다, 했더니
살구꽃 가지 위에 몽땅 앉았네

가시나 보다
가시나 보다, 했더니
추위는 제자리걸음만
종종거린다

물오른 버들강아지
숨죽이며 살금살금
숨구멍을 튼다
봄이 오시나 보다.

점 하나 사이

가까우면서도 아주 먼 사이
다가가면 갈수록
깊이를 알 수 없는 사이

햇살처럼 눈에 부시다가도
악마처럼 변하는 점 하나의 사이
평생을 살아도
다 알지 못하는 수렁 속의 깊이

때로는 울렸다가
어느 날은 웃겼다가
먹구름처럼 하늘을 덮는
점 하나의 사이
바로 너와 나의 사이.

상처

나뭇잎처럼 우수수 떨어져
온몸 아프게 쑤시다가
차가운 바람에 눈물 흘리는
슬픈 날의 뼈저림

가슴 저미게 타들어 가다가
돌처럼 박혀버린
숨 막히게 하는 슬픔
손가락 마디마디
피 흘리듯 아프다

마음에 검은 도표 들러
먹먹하게 하는 악마
어둠의 터널을 지나는
으스스한 통증

저리다, 아프다
죽을 만큼
가슴이 터진다.

아침 안개

이른 아침
자욱한 안개
하얀 그리움 놓고 가신다

잡을 수 없는 것은
사람의 마음일진대
안개보다 자욱한 그리움 하나

허공을 맴돌다
사라져간다.

저녁노을

황혼에 물든 바다
일렁이는 파도 소리
사랑 노래 부른다

아름다운 서쪽 하늘
그려놓은 그림보다
눈부시도록 빛난다

만질 수만 있다면
저 불타는 빛깔 속으로
아름다운 수채화
훔치고 싶다

걸어갈 수만 있다면
날 수만 있다면
훔칠 수만 있다면.

당신이 곁에 있으면

세상이 아름다운 이유는
사랑하기 때문이야
내가 행복한 이유는
당신이 늘 곁에 있기 때문이지

매일 내가 웃을 수 있는 건
사랑받고 있다는 걸
알기 때문이야

당신이 곁에 있을 때
설레는 마음은
사랑이 불타기 때문이야

비 오는 날
사랑이 꺼진다 해도
행복할 거야
비는 그칠 테니까.

인연

나뭇잎 떨어지는 소리에도
눈시울 붉히는 날이 있었습니다
까마득히 멀어진 뒷모습을 보면서
아린 가슴 쓸어내리던 날도 있었습니다

세상의 반을 돌아서
만난 귀중한 인연이 있습니다
다시는 이별이란 슬픔을 담기 싫어서
가슴을 내어준 사람

언제 내 가슴에 들어왔는지
기억조차 나지 않지만
온통 하늘빛으로 물들이는 한 사람이
가슴에 살고 있습니다

같은 곳을 향하여 꿈을 꾸며
잡은 손 놓지 않을 사람
선물처럼 가슴에 삽니다.

제목 : 인연
시낭송 : 박영애
스마트폰으로 QR 코드를 스캔하면
시낭송을 감상할 수 있습니다.

사랑합니다

들판에 서면
들녘 바람이 되어 찾아들고
바다에 서면
수평선 저 멀리 당신이 보입니다

아름다운 꽃을 바라보면
꽃 속에 당신이 보이고
하늘을 올려다보면
구름 사이로 당신이 보입니다

삶의 폭풍이 불어온다 해도
한결같이 웃는 얼굴로
나를 바라보는 당신이 있다면
행복합니다
곁에 있어도 보고 싶은 사람
사랑합니다.

인생 끈

인생
어떻게 살아야 하는지
아직도 풀지 못한 숙제는 미완성으로 남았다

하얀 끈을 잡아보기도 하며
무지갯빛 끈을 잡아 동아줄처럼 타보기도 하면서
내 끈을 찾지 못한 채
밤하늘에 반짝이는 별만큼이나 마음을 심고 또 심는다

새끼줄처럼 꼬여가는 삶의 드라마
영원히 끝나지 않는 장편 드라마다
아침에 맑았다가
저녁이면 다시 원점으로 돌아가고 마는,

노끈처럼 몸에 칭칭 감고 다니다가
불편하다고 내려놓아도
다시 내 몸에 감기고 마는 끈이 되어
온몸을 동여매고 쥐락펴락 가지고 논다.

하고 싶은 말

사람은 그대로인데
마음이 변한다고요
세상에 그런 터무니없는 말이 어디 있나요

마음이 변하면
사람도 변하는 거지요
세상에 그런 말도 안 되는 말을 누가 하던가요

시간이 흐르면 흐르는 것만큼
우리도 따라 나이 들고 늙어가는 것입니다
성형으로 얼굴을 바꾼다 해도
세월을 거슬러 살 수는 없습니다

백세시대가 대세입니다
내가 몇 살까지 살 수 있는지
아무도 모르고 삽니다
그렇다고 하니 그렇다고 믿는 거지요.

죽일 놈의 사랑

미칠 만큼 사랑하다가
돌아서면 원수처럼 싸우는
이 죽일 놈의 사랑

아름다운 수채화를 얼마나 그렸던가
수십 번을 그리고 그려도
흔적 없이 사라지는 꿈
죽일 놈의 사랑

내 맘 같은 사람 아니어도
자고 나면 원점이니
싸우고 헤어지고 수 없이 반복해도
사랑은 아프다

좋아하기 때문에
이 죽일 놈의 사랑 때문에
부부로 사나 보다.

걷다가 지치면

가다가 가다가 지치면
돌아서 가지
살다가 힘들면
잠시 쉬어 놀다가 가지

걷다가
그때도 힘들면
그때는 다른 길 걸어가야지
살다가 힘들고 어려우면
소리 내 크게 울어버리자

사람이라 그런 거야
기계가 아니잖아
힘들 수도 있어
지칠 수도 있어

가다가 엎어져도
걷다가 넘어져도
내일의 태양은 다시 뜨니까
멈추지 않고 걸어갈 거야.

기다림

잔뜩 흐린 하늘
금방이라도 쏟아질 것 같은 얼굴로
심술궂게 내려다본다

누군가 내 곁을 떠나가던 날
그날도 하늘은 온종일
햇볕 한 점 없는 날이었지

흐린 날에도
해는 뜨고 달이 뜬다
보이지 않는다고
시간이 멈추는 것이 아닌 것처럼

때가 되면
행복한 날에
아름다운 노래
너와 함께 부르고 싶다.

인생의 빨강 신호등

그림자도 숨어버린 어두운 밤하늘은
별마저 숨어버렸습니다
앙금이 남은 가슴에
조금씩 서서히 다가온 그림자입니다

인생 신호등이 고장이 났습니다
어느 날은 파란색 어느 날은 노란색
제 마음대로 변하더니
완전히 고장이 나버렸습니다

고치려고 아무리 노력을 해도
고장 난 신호등은 정지된 채
움직이지 않습니다
빨강 신호등이 변하지를 않습니다

살다가, 살다가 보면
이런 날도 있을 거라고 믿고 싶었습니다
고장 난 신호등이 깜빡거립니다
빨강 신호마저 꺼지려고 합니다
이제 어디로 가야 하나요.

미워도 다시 한번

넓은 바다엔
퇴색되어버린
그리움만
여기저기 나뒹굴다
파도 따라 노닌다

아무것도 남은 게
없다 해도
돌아서면
남이 되어 버릴
인연이라 해도

질기디질긴 정으로
남이 될 수 없는
지독한 인연

끝내
다시 돌아가는
서글픈 인연.

새끼손가락

아픔 하나
바람에 날리다
떨어지는 날에는

심장 터지는 소리
온몸 떨게 한다
얼어붙은 땅
녹아내릴 무렵

가장 아리고 아린 곳
후비고 후비더니
바람 빠지듯 빠진다

떠오를까 두려워
가슴속 깊이 숨겼는데
아프다
시시때때로.

내 안에 나

한참을 걸었다고 생각했습니다
그 언덕을 내려와 평지를 걷고 있다고 생각했습니다
그런데 난, 오늘 알았습니다
여전히 난 언덕을 오르지 못했다는 것을

봄이 지나고 여름도 지나 가을이 왔는데
여전히 봄을 꿈꾸는 바보였습니다
나를 부르는 소리
나를 깨우는 소리

누군가는 오르라 하고
누군가는 오르지 말라고 합니다
내 안에 나는 하나가 아닌 둘이었다는 것을
난 오늘에야 알았습니다

이 가을엔
이름을 불러주는
저 언덕을 다시 오르고 싶습니다.

가을 편지

가을은 아름다운 계절이었습니다
이유 없이 슬퍼지는 건
화려하게 그려진 유혹에 못 이겨
마음을 빼앗긴 탓일 겁니다

가을비가 내립니다
비바람에 낙엽은 쌓이는데
쏟아져 내릴 것 같은 숨은 그리움들이
가을밤을 환하게 합니다

가을은 다시 제자리를 찾아갑니다
저 앞에 겨울이 오는 것도 모르면서
단풍잎 떨어지는 소리에
가을비는 내리나 봅니다

가을은 슬픈 사연을 담는 계절인가 봅니다
바람만 불어도 떠나간 임을 그리워하듯
마음이 아파집니다

가을엔
떨어지는 낙엽 한 잎에도
눈물이 납니다
당신은 누구신가요.

그리움

귓전에 맴도는 말
사랑한다는 말
그 말을 하지 못해서

이별을 하고 나서야
알게 되는 사랑
그리움이여

잡히지 않는 사랑
그리다 마는 얼굴
떠나버린 그리움이여.

하늘을 걷는다

검게 물든 하늘엔
아무것도 보이지 않는데
희미하게 어디선가
나타났다 사라지는 얼굴

별마저 숨어버린
늦가을 밤하늘에
까맣게 그은 얼굴
내려다보다 사라진다

하늘을 걷는다
허공을 걷는다
모두 잠든 고요한 밤
하늘을 걷고 걷는다

어디선가 부르는 소리
오라고 손짓하는 곳으로
살금살금 걷는다.

갈대

잡초로 태어나
억새로 살다
이별을 고할 때
비로소 만나게 되는 이름

후미진 산모퉁이
습한 곳 자리 잡아
자유로이 춤추는 갈대여

나는 보았네
네 몸부림을
나는 들었네
흐느낌, 소리를.

비 오는 날의 만찬

꽃이 핀다

꽃이 진다

가슴 속 봄꽃이 피었다 진다

아침에 피었다가

하루해가 지기 전 시들고 마는 꽃

내 마음에 봄꽃이 진다

얼마나 살겠다고

부귀영화 누리겠다고

밤새 심고 다듬더니

해가 뜨고 봄꽃이 피니

해도 지기 전 지고 만다

또 하나의 꽃은

그렇게 지고 만다

비 오는 날에 만찬

꽃은 다시 피지 않을 것이다.

봄바람

나보고 어쩌라고
그리움 찾아달래
나보고 어쩌라고
매일 밤 부탁을 해

안아줄 수도
손잡아줄 수도 없는데
나보고 어떡하라고

해가 뜨면
해님에게 부탁해
난 지나가는 바람이잖아

봄이 오면
나보고 어쩌라고
그리움 찾아달래

보름달 뜨거든
부탁해
그땐 바람이 불지 않을 거야.

봄이 가고 여름이 오나 보다

하나둘
떨어지나 보다
또, 그렇게
이별은
언제나 예고 없이 찾아와
아픔을 던지고 사라진다

얼마만큼
이별을 해야만
멈출 수 있을까

아카시아 향기에 취해
달콤한 사랑에 취해
봄은 조금씩
여름을 앞세운다

봄이 가고
여름이 오나 보다.

구름다리

바람이 분다
가을바람이
풋 익은 사과 향기처럼
새콤달콤한
향기로운 바람이

바람에 제 몸 맡긴
보라색 들국화
가을과 노닐다
손을 흔들어 부르면

하늘에 구름
부서질 것 같은
하얀 구름다리 만들어
떨어질 줄 모르고 노닌다.

세월은 나에게 많은 것을 주었다

세월은 나에게 많은 것을 주었지만
난 나에게
아무것도 주지 않았다

바람은 나에게 생각하는 시간을 주었지만
난 바람을 피하려고 등을 돌렸다
난 언제나 보내기만 했었고
한 번도 세월과 함께할 생각을 할 줄을 몰랐다

세월 탓도 시간 탓도 아니었다
모두 내 탓이었다

바람이 불면
햇살 좋은 날을 기다렸으며
비가 내리면
비가 그치기만을 기다렸다.

늦가을, 그 아쉬움

하나둘 떨어지나보다,

앙상하게 매달린 잎새처럼

가을을 지나가는 마음이 아프다

들길을 지나

저 밑 갈대숲에는

황금파도가 출렁인다

사그락사그락 스치는 소리가 아프다

밭두렁 호박꽃도

노랗게 피었건만

바람이 부는 대로 제 온몸 맡긴 채

시들어간다

제철 잊은 냉이야

봄날이면 좋겠다만

이 가을에 어찌하랴

너도 머지않아 시들고 말겠구나.

고스톱 인생

내 인생은
고스톱 인생이다
쓰리고도 피박도 없는
그저 할 수 없이 치는 고스톱

한탕을 노린 적도 없으며
고도리를 꿈꾼 적도 없었다
쌍피를 바란 적도 없으니
그림만 즐기는 허깨비다

세상살이가
어디 그리 녹록하든가
48장 안에
인생이 산다

오광만 꿈꾸다
독박 쓰고 마는
세상살이
참 어렵다.

당신에게

가장 하고 싶은 말
가장 듣고 싶은 말
사랑해

비 오는 날엔
우산을 받쳐주는 사람
그 사람이 나였으면 좋겠어

내가 당신에게
가장해 주고 싶은
바로 이것이
내가 가장 받고 싶은 것이니까.

오늘은 흐림

어디로 가야 하나
갈 곳을 잃어버렸다
어제는 맑음이면 오늘은 흐림이니
산다는 게 왜 이리 가파른 산행길인지
오르고 올라도 돌아보면 늘 그 자리
제자리걸음만 하는 나를 본다

때로는 다 버리고 어디론가 홀연히 사라지고 싶다
모든 것 다 내려놓고 훌훌 날고만 싶다
더디게 간다고 달력만 보면 중얼거렸는데
빨리 지나가는 시간도 세월도 원망스럽다

무엇을 얻고자 이리 달려가는지
욕심이라고 생각하면 못 버릴 것도 없건만
버려도 따라오는 인생 짐 덩어리
왜 이리 무겁게 어깨를 빌리는지
내어준 적도 빌려준 적도 없는데
누가 어깨를 내 마음을 이리 흔들어 대는지

때로는 다 버리고 떠나고 싶다
모든 것을 다 내려놓고 훌훌 날 수만 있다면
그럴 수만 있다면
날고 싶었다

내 몸에 날개 달고서
새처럼 하늘을 날고 싶었다
누군가를 위해 산다는 것조차
나에겐 욕심이라는 걸 알았을 때

그는 나만 바라보는
해바라기가 되었다
인생, 덧없다.

12월의 독백

싸늘하게 덮어버린 찬 공기
옷깃을 여미게 하는 밤
새벽녘 파고드는 고독함이여

가을이 떠난 자리
마음대로 들어와선
나지막이 부른다
들릴 듯, 말 듯

그렇게 인생은 돌고 돈다
숨어버린 그리움조차
비켜 가는 12월의 어느 날에,

누가 볼까
두려운 마음이여
비우고 싶은
쓸쓸함이여.

나 홀로 창가에서

깊은 밤 창가에서
외로움의 늪으로 빠졌다
그냥 이대로 즐기자

한 사람을 만나
하나가 되기까지
많은 이별과 손을 놓았으니
쓸쓸함도 나의 몫이려니

즐기자
행복하다고 주문을 외자
핸드폰으로 들리는 가사가
내 얘기를 한다

인생
외로움을 견디기 위한
삶의 몸부림
밤하늘이 참 아름답다.

유리창 너머 저편에

밤새 뒤척이다
깜빡 잠든 사이
장대비는 땅이 꺼지라
퍼부었나 보다

쏟아지는 빗소리에
잠 깨어 일어나니
유리창 너머 내 모습이
흠뻑 비에 젖어 있다

초라한 모습으로
헝클어진 머리
누가 볼까 두려운
중년의 아낙네

바라만 보다가
고개를 숙인다
처량한 모습으로.

언제부터였을까

하루에도 몇 번씩 돌아가고 싶어서
불어오는 바람에도 빌고 빌었다
언제부터였을까

봄은 어김없이 돌아왔는데
아직도 겨울을 헤매는 마음
언제부터였을까

하루가 가고 또 하루가 찾아와도
갈팡질팡 길을 헤매는 것은
무엇을 의미하는 것인지
언제부터였을까

사랑하는 순간에도 외로움을 느끼는 건
나만이 아닐 거야
그도 나처럼
사랑하는 순간마다 외로움을 느낄 거야
언제부터였는지 알 수는 없지만.

복분자

어제는 빨간 옷
오늘은 까만 옷
누구를 사모하시기에
치장을 하셨나

산모퉁이 돌고 돌아
가시밭에 뿌리 내려
바람을 벗 삼아
자리매김하시더니

열아홉 고운 순정
낭군님, 기다리는
새색시 같아라

색시 두고 바람난
우리 서방님
복분자에 반해
첫 순정 삼킨 도둑이여
피바다가 웬 말인가.

이별이 전하는 말

흔하디흔한
미련조차도
아무것도 남지 않았다

바람이 지나면서 하는
말 한마디가
가슴을 치고 달아난다

뒤돌아보지 말라고
앞만 보고
걸어가라고.

마음속 시계

세월이 흐르는 게 아니라
내가 늙어간다는 것을 알았을 때
마음속 시계는 12시는 아닐까

어느 날 시계를 보았는데
3시 33분이었다
그런데 이상하게 오늘 시계를 보았는데
3시 33분이었다

처음 보는 사람인데
어디선가 꼭 본 것 같은 사람
처음 걷는 길인데
언젠가 걸었던 길 같은 느낌

내가 가야 하는 그곳이
가까워졌다는 것을
알려주는 것은 아닐까

전생의 원수가 부부로 만난다고 한다
그 말이 맞는다면
난 지금 원수와 산다.

능소화

바람 불면 오시려나
해가 지면 오시려나
기다리고 기다리는
내 마음 아신다면

바람결에라도 좋으니
다녀가소서

담장 밑에 꽃피는 여름 오면
꿈에라도 좋으니 찾아주소서
만리장성 쌓고 쌓은 정
사랑 임은 아시려나

구중궁궐 후미진 곳에
온몸으로 피우노니
사랑 임아 오시거든
어루만져 주소서.

그리움 잔

향기로 가득한 그리움 잔에는
사랑하는 것만큼
그만큼의 잔이 채워지겠지

이 잔에는 내 마음조차 담지 않을래
혹시 누가 훔쳐볼까 부끄러워
너의 고운 마음과 그리움만
채우고 싶어

아주 언젠가는
이 한 잔이 너와 나의 사랑을
곱게 피게 할 수도 있으니까
언젠가는.

별 하나

전할 수 없는 마음이기에
바라만 보았습니다
그립다고 말할 수 없어
말하지 못했습니다

바람에 흔들리는 나뭇가지처럼
흔들리는 마음이 미웠습니다
속으로 삼키며 전하지 못한 말
가슴에 박혀 응어리가 되었습니다

지나고 나면
미움도 그리움이라지요,
지웠습니다
아주 오래전
잊힌 이름입니다.

편지

봄기운이 완연한 오후입니다
겨우내 얼었던 땅이 봄비에 녹아버렸습니다
봄이 오면
한참을 먼 산을 바라보며
깊은 생각에 빠지곤 합니다

차마 입 밖으로 부를 수는 없어도
혼자일 때 언제나 나를 찾는
외로움처럼 당신이 옵니다
세월이 흘러 봄이 왔어요

언제 시간이 이렇게
지나갔는지 모르겠습니다
오늘은 구름이
한참을 머리 위에 머물다 갔습니다

시간은 비록 머물지 못하지만
봄바람처럼 찾아오는 그대가 있어서
외롭지만, 행복합니다
잘 지내시지요?.

비밀

그때는 몰랐습니다
파도가 부딪치는 사연을
지금도 모릅니다

그리움이 바다 위를 걷는 이유를
수많은 사연이
허공을 떠돌 때
알려고 하지도 않았습니다

뻥 뚫린 가슴 시린 이유를
아직도 모릅니다
부서지라 때리는 아픈 사연을

하나둘
더 깊은 곳으로
감추려는 이유를.

이별 준비

휭하니 부는 바람에
텅 빈 가슴이 시리다
뻥 뚫린 곳에선
무언가를 갈구하는 소리

오늘따라 하늘이
차갑게 느껴지는 것은
이별을 준비하는 마음이려니
깊은 사랑이 아니었음을

입안에서 뱅뱅 돌다가
차마 못 한 말
다행이다
삼키는 법을 알았으니

들녘에 갈대가
구슬피 운다
가을이 떠나간다.

비움의 미학

사람과 사람 사이엔
보이지 않는 벽이 있습니다
벽을 깨고 나가고 싶을 때
점점 멀어지는 사람도 있습니다

믿음이 사라진 자리엔
허무만이 형체도 없이
가슴 아프게도 합니다
비움에 시간은 필요한가 봅니다

실타래처럼 얽히고설킨 관계
누군가 멀어져갈 때
몇 번의 노력은 필요하겠지만
떠난 마음은 돌아오지 않는 걸,

마음을 비웁니다
언제나 혼자인 것처럼
겨울이 가면
따뜻한 봄날이 돌아올 테니.

가을

하늘이 말한다
지금 너의 곁에
가을이 와있다고

가을은 말한다
너의 곁에
내가 있다고

길가에 코스모스가 말한다
가을이라고
여름은 말한다
아직 내가 있다고

계절의 시샘도
바람은 이기지 못하나 보다
참 좋다
가을바람이.

바람이 불면

스산한 바람이 불어오면
서걱거리는 갈대의 춤사위
그 틈 사이로
나는 보았다

흔들림
너도 나처럼
흔들리고 있다는 것을

바람은 안다
수십 년 전에도
나는 오늘처럼
똑같이 흔들렸다는 것을
오래전
내가 그랬던 것처럼
너도 아픈가 보다.

가을이 주는 선물

작은 미풍에도
파르르 떨더니
춤추며 내려앉아
안도의 한숨을 내쉰다

언제나 그러하듯
늦가을 길가에 쌓인
낙엽들의 시어는
바람 따라 움직인다

밤을 밝히는 밝은 달빛에도
붉게 물든 단풍잎은
작은 몸놀림으로
바람을 유혹한다

늦은 밤
밤을 타고 불어오는 가을바람
그리운 얼굴 떠오르다
이내 못 본 척 사라진다.

소나기

검게 물든 하늘
성난 먹구름 안고서
심술궂게 웃고 있다

무엇을 보았는지
한참을 퍼붓다가
폭풍 오열로 울어댄다

땅이 꺼져라
하늘이 무너져라
펑펑 울다가
금방 그치고 만다

어디서 숨었다가 나타났는지
매미들의 합창
온 동네 떠나가라 노래를 한다.

봄이 왔다고

꼼지락꼼지락
파란 새싹 꿈틀거리다
고개를 든다

작년에 얼어붙었던 냉이
화들짝 일어나 땅을 두드리니
봄 향기 가득한 들녘엔
여기저기 봄 준비에 분주하다

냇가에 버드나무
생동감 넘치게 일어나
하나둘 가지에 물을 넣다가
화들짝 봄 소리에 놀라고 만다

말없이 가버리더니
온다는 말도 없이 찾아와서
여기저기 뛰어다닌다
일어나라고
봄이 왔다고.

너

너여서 좋은 거야
그냥 너라서 웃는 거야
너라서 사랑할 수 있는 거야

너만 있으면
너만 내 곁에 있으면
행복해서 좋은 거야

네 사랑이 느껴져서
그냥 좋은 거야
이유 없이 좋은 건
바로 너이기 때문이야.

콩나물국

얼큰합니다
매우 시원합니다
속이 후련합니다
혼자 먹기 미안합니다

어제 일이 생각이 나지 않습니다
아무것도 기억이 없습니다
콩나물국이 그냥 드시랍니다
꿀물인 줄 알았습니다

국물이 잘 넘어갑니다
국물이 끝내줍니다
오늘따라 유난히 시원합니다

속이 거북했습니다
일어나기가 힘들었습니다
어제 무슨 일이 있었나요?

목련

봄볕에 해지는 줄 모르다
달빛에 별을 보고서야
빈자리를 보았습니다

아름다운 날들을 함께 보냈으니
행복했다고 말할래요
그리운 날이 많았으니
사랑했다고 말할래요

빈자리가 크게 느껴지는 건
비우지 못한 미련이니
해 떨어져 달 뜨면
아무도 모르게 꽃으로 필래요

살다가, 살다가 나 떠나면
그대여
영원히 잊었다고 전해주세요.

* 목련 꽃말 : 이루어질 수 없는 사랑

여름

온몸을 휘감는 더위
강렬하게 내리쬐는 불볕 속으로
한낮의 불볕 땡볕으로 덮는다

바람조차 숨어버린 날
작은 그늘마저 찜통으로 변해가니
가뭄에 갈라진 땅은 푸석거리며
열기에 익어 붉은빛으로 물든다

비라도 내려준다면
구름이라도 덮는다면
매미라도 울지 않는다면 좋으련만

유난히 더위를 못 견디는 강아지
혀를 내밀며 헉헉거리니
사람이나 짐승이나
여름은 누구에게나 반가운 손님은 아닌가 보다.

바람 불어 좋은 날

파도가 넘실대는 바다로 가자
거세게 바람 부는 날
흔들리는 마음도 던져버리게

파도를 타자
따뜻한 봄볕에 눈 녹듯
바닷냄새 마시며 바다 건너
수평선 맞닿는 그곳으로 가자

가자 그곳으로
비릿한 내음이 나를 부르는
그곳으로 가자
파도가 넘실대는 바다로 가자

파도 위를 달리는 기차를 타자
흩어진 마음 찾아
곱게 다시 부치자
가슴 열어 마음껏 바다를 마시자.

바람

나뭇잎 사이에
우리 집 창가에도
작은 들꽃 잎에
살랑거리는 가을바람이 앉았다

텅 빈 내 가슴 속에
바람이 부는지
심장이 바람이 났다

어제는 들판을 헤매다가
오늘은 뿌연 저 하늘에
나를 올려놓고서
이리저리 끌고 다닌다.

하늘

참 예쁘다, 하늘이
네 품에 안기고 싶다
그냥
그러고 싶다

바람에도 흔들리지 않고
해가 지고 달이 떠도
변함없는 네가 좋다
내가 너라면 좋겠다

아무 생각도
어떤 근심도
느낄 수 없을 테니
그냥 그래서 하늘이 좋다.

술 한잔 어때요

비도 내리고
가슴도 답답한데
영화나 보러 갈래요?

이런 날엔
당신과 단둘이
내리는 빗소리 들으며
걸어보고 싶습니다

나랑
시장도 가고
맛난 집 찾아 밥도 먹고
오늘처럼 비가 내리는 날엔
그냥 그러고 싶어요

빗소리가 참 좋아요
우리 오늘 밤
술 한잔 어때요
비도 오는데.

꿈

깨알처럼 수많은 언어로
밤새 속삭이더니
물거품이 되고 마는 허무

망각의 세계로
은하수 철도 타고
달리고 달리더니
와르르 쏟아지는 아픔

사랑스러운 눈길로
나비처럼 날더니
봄비처럼 밤새 훌쩍이다가
안녕이란 말도 없이 사라지는 허망함

네가 내 앞에 있을 때
피어나는 눈가의 미소조차
그것조차 꿈이라면
차라리 깨지나 말 것을.

벚꽃

겨우내 잉태한 몸
누가 볼까 두려워 감싸고 동여매더니
예쁜 꽃을 순산했다

갓 깨어난 어린아이처럼
요리조리 흔들며 재롱을 뜬다
온통 내 마음 흔들어 놓고
뽐내며 바람과 노닌다

꼬시지 마라
이미 홀딱 반했으니
감추지 말라
이미 다 보았으니

오롯이 나에게만
바람에도
흔들리지 말고
나만 사랑하게 해주렴.

창밖 너머엔

축축한 대지 위에
흩어진 가을의 흔적만
고스란히 내렸습니다

녹색의 푸름은 사라지고
엉성하게 남아
시름을 달래는 나뭇잎들만
고개 떨구어 앉아
연민의 정 담아냅니다

허전함은 그런가 봅니다
주는 것 받는 것
내 몫 하나 없는
가진 게 없는 빈손
쥐어지지 않는 허망함

바람에 흩어진
낙엽들의 애달픈 사연
수많은 시어로 담습니다.

침묵하라

처음부터 끝까지
하나가 될 수 없다면
누가 앉아도 같다

누가 누구를 가리켜
나쁘다 좋다 하겠는가
남을 비방하고 욕하는 자
그 화살에 네가 맞을 것이다

용서하라!
그리고 관대하라
실수로 판단하지 말라

다시 한번 기회를 주는 것은
한 사람을 살리는 것이다
그대여 침묵하라.

똥강아지

추운 한파 속에
죽지 않고 살아난 녀석
어미 젖 먹는 힘은 천하장사

어미 꽁무니 따라
여기저기 잘도 다닌다
기특한 녀석

한파주의보가 내린 날
태어난 염소 한 마리
오늘부터 너의 이름은
한파다.

파랑새

밤이면 별들이 보이는
깊은 산골 마을에
사계절 오가는 새가 산다

봄이면 봄바람
여름이면 시원한 바람
가을엔 꽃바람
겨울엔 눈바람

울지 않는 새 한 마리
산골 마을 이곳에
바람 속에 산다.

행복 바이러스

떠나지 않는 웃음이
너무 좋아서
졸졸 따라다니는
벅찬 설렘이 좋아서

놀아달라 졸랐더니
잠시만 조용하면
놀자고, 놀자고
쫓아오는 행복이

약으로도 고칠 수 없는
행복한 불치병
매일 웃어야 사는 병
행복해 죽겠습니다.

바람이 좋다

천애경 시집

2021년 2월 3일 초판 1쇄
2021년 2월 8일 발행
지 은 이 : 천애경
펴 낸 이 : 김락호
디자인 편집 : 이은희
기 획 : 시사랑음악사랑
연 락 처 : 1899-1341
홈페이지 주소 : www.poemmusic.net
E-Mail : poemarts@hanmail.net

정가 : 10,000원

ISBN : 979-11-6284-263-8